Chiles for Benito

Chiles para Benito

By / *Por* Ana Baca

Illustrations by
Ilustraciones de
Anthony Accardo

Spanish translation by
Traducción al español de
José Juan Colín

PIÑATA BOOKS
Arte Público Press
HOUSTON, TEXAS
2003

PIÑATA BOOKS

Publication of *Chiles for Benito* is made possible through support from the City of Houston through The Cultural Arts Council of Houston, Harris County. We are grateful for their support.

La publicación de *Chiles para Benito* ha sido subvencionada por la ciudad de Houston por medio del Concilio de Artes Culturales de Houston, Condado de Harris. Agradecemos su apoyo.

Piñata Books are full of surprises!

Piñata Books
An Imprint of Arte Público Press
University of Houston
452 Cullen Performance Hall
Houston, Texas 77204-2004

Baca, Ana.
Chiles for Benito = Chiles para Benito / by Ana Baca ; with illustrations by Anthony Accardo ; Spanish translation by José Juan Colín.
p. cm.
Summary: As they prepare to make the traditional "chile ristras," strings of red peppers, Cristina's grandmother tells her the story of how magical chile seeds given to her great grandfather, a farmer in the hills of New Mexico, ensured the continuation of the chile pepper.
ISBN 1-55885-389-8 (alk. paper)
1. Mexican Americans—Juvenile fiction. [1. Mexican Americans—Fiction. 2. Peppers—Fiction. 3. Spanish language materials—Bilingual.] I. Title: Chiles para Benito. II. Accardo, Anthony, ill. III. Colín, José Juan. IV. Title.
PZ73.B244 2002
[Fic]—dc21 2002033324
CIP

∞ The paper used in this publication meets the requirements of the American National Standard for Permanence of Paper for Printed Library Materials Z39.48-1984.

Printed in China

3 4 5 6 7 8 9 0 1 2   0 9 8 7 6 5 4 3 2 1

For Joseph, the first . . .
who always said, "I was bred on red and weaned on green."
And, for Little Joseph . . .
may you always carry forth our cultural traditions.
—AB

For Lawrence J.Butler who loved his chile hot.
—AC

Para el primer Joseph quien siempre dijo,
"Me amamanté con el rojo y me crié con el verde."
Y para el pequeño Joseph,
ojalá que continúes nuestras tradiciones culturales.
—AB

Para Lawrence J. Butler a quien le encantaba el chile picoso.
—AC

One September morning, Cristina woke up when a ray of morning light caressed her cheek. Today, she and her grandmother would make *ristras* out of sun-dried chiles that were red as cherries but had the power to burn her tongue.

Before the rooster crowed, Cristina and her grandmother were out in the garden, plucking red chiles off the vines. Weeks ago, these same chiles had been green, but with the magic of the sun and heat, they were now red and ready to be strung together. During the winter, they would be used to spice up beans, meats, and stews.

Cristina and her grandmother sat down in the patio with bushels of red chiles all around them. Looking from one bushel to the next, Cristina let out a big sigh. "But Abuelita, do we really have to string all of these chiles together? We'll never finish."

Cristina's grandmother chuckled. "Be patient, *m'ijita*. I promise you, time will fly by."

Una mañana de septiembre Cristina se despertó cuando un rayito de luz acarició su mejilla. Hoy, ella y su abuela atarían chiles secos para hacer ristras. Los chiles eran tan rojos como cerezas, pero tenían el poder de quemarle la lengua.

Antes de que el gallo cantara, Cristina y su abuela ya estaban en el huerto arrancando los chiles de las ramas. Hacía unas semanas, estos mismos chiles habían sido verdes, pero con la magia del sol y el calor se habían puesto rojos y estaban listos para ser atados. Durante el invierno, serían usados para darles sabor a los frijoles, las carnes y los guisos.

Cristina y su abuela se sentaron en el patio rodeadas de canastas de chiles rojos. Al mirar las canastas a su alrededor, Cristina se quejó: —Pero Abuelita, ¿en verdad tenemos que hacer ristras con todos estos chiles? No vamos a terminar nunca.

La abuela de Cristina se rió: —Ten paciencia, m'ijita. Te prometo que el tiempo vuela.

Cristina's grandmother slipped a wrinkled black and white photograph from her pocket.

"Look, *m'ijita*. Do you remember this picture of your great-grandfather, Benito?"

Cristina nodded. She remembered the story that her grandmother told her last Christmas about Benito and his magical *bizcochitos*. She licked her lips, remembering them now.

"Your great-grandfather, Benito was a shepherd for a short time. After that, he returned to his parents to help them run the farm. Soon his father died. Benito had to take care of the farm by himself. This is what happened."

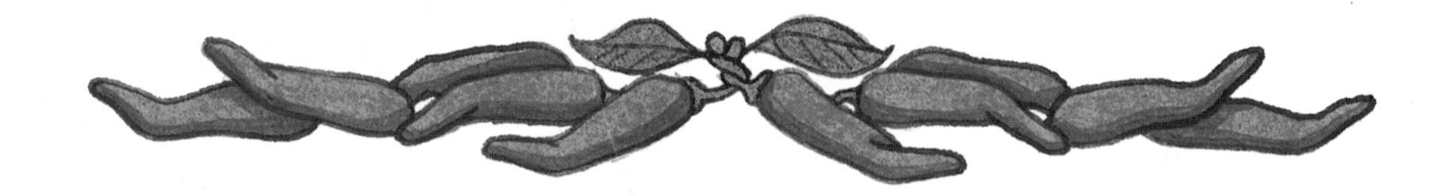

La abuela de Cristina sacó una vieja foto en blanco y negro de su bolsillo.

—Mira, m'ijita, ¿Recuerdas esta foto de tu bisabuelo Benito?

Cristina asintió. Recordaba la historia que su abuela le había contado la Navidad pasada acerca de Benito y sus bizcochitos mágicos. Se saboreó al recordarlos.

—Tu bisabuelo Benito fue pastor por algún tiempo. Después de eso, regresó a vivir con sus papás para trabajar en la granja. Al poco tiempo, su papá murió. Benito tuvo que ocuparse de la granja solito. Esto es lo que pasó.

One spring morning, Benito's mother told him to take Pía, his cow, to the county fair. They were sure Pía would win a blue ribbon and prize money. The money would be used to buy seed for that year's crop.

Instead of winning the top prize, Pía kicked the judge. Pía's bell clanked noisily as Benito led her away.

"I hate you, Pía!" Benito yelled when he was alone with his cow. "You're dumb and I'd sell you for a penny this very moment."

Suddenly, a stack of hay tumbled in front of Benito. A short man with a nose like an arrow scrambled to his feet and brushed scraps of hay from his woolen serape. A bird with a red beak sat perched on top of the man's hat.

Una mañana de primavera, la mamá de Benito le dijo que llevara a su vaca Pía a la feria del condado. Estaban seguros de que Pía ganaría un listón azul y un premio en dinero. El dinero se usaría para comprar semillas para la siembra de ese año.

En vez de ganar el primer premio, Pía le dio una patada al juez. La campana de Pía sonaba fuertemente mientras Benito la sacaba del lugar.

—¡Te odio, Pía! —gritó Benito cuando estuvo a solas con la vaca—. Eres tonta. Te vendería por un centavo en este mismo momento.

De pronto, un haz de paja cayó frente a Benito. Un hombrecillo con nariz de flecha se puso de pie rápidamente y se sacudió las pajillas del sarape de lana. Un pájaro de pico rojo se sentó en el sombrero del hombre.

The man nodded and the bird began speaking.

"I hear your cow is giving you trouble, young man. I'll tell you what. I'll take her off your hands plus I'll give you some magic seeds."

The man slipped a leather pouch from his pocket and opened it up.

"What makes them magical?" Benito asked, surprised. A bird had never spoken to him.

The bird answered, "They are powerful, son. All you need is one seed to make you a fine crop. If you water it and take care of it, I promise you, it's all you and your mother will need. What do you say?"

Benito grinned. "It's a deal!"

The bird ruffled its feathers and cooed happily.

El hombre asintió y el pájaro comenzó a hablar.

—Escuché que tu vaca te está causando problemas, jovencito. Mira, puedo quitarla de tu vista, y además te daré unas semillas mágicas.

El hombre sacó una bolsita de cuero del bolsillo y la abrió.

—¿Por qué son mágicas? —preguntó Benito sorprendido. Nunca había oído a un pájaro hablar.

El pájaro le contestó: —Son muy poderosas, hijo. Lo único que necesitas es una de estas semillas para producir una gran cosecha. Si la cuidas y la riegas, te prometo que es todo lo que tú y tu mamá necesitarán. ¿Qué dices?

Benito sonrió. —Trato hecho.

El pájaro se sacudió las plumas y gorjeó alegremente.

Benito gave Pía to the man without a second thought. He took the packet of magic seeds and never looked back. Not even Pía's noisy bell made him turn to say goodbye. He could hardly wait to tell his mother about the fine deal he had made.

When Benito got home, he planted the seeds immediately. Not just one seed, but all of them. He figured if one seed could grow enough food for him and his mother, all of them would grow into a huge crop to sell. His mother would be so proud.

Suddenly Benito heard a loud screeching. Up in the sky was the bird with the red beak squawking loudly. The man was nowhere in sight.

Benito le entregó a Pía sin pensarlo dos veces. Tomó la bolsita con semillas mágicas y se marchó sin mirar atrás. Ni siquiera el ruido de la campana de Pía lo hizo voltear para decirle adiós. No podía esperar para contarle a su mamá acerca del gran trato que había hecho.

Al llegar a casa Benito plantó las semillas inmediatamente. No sólo plantó una semilla, sino todas. Pensó que si una semilla era suficiente para él y su mamá, todas juntas darían una enorme cosecha que podrían vender. Su mamá se sentiría muy orgullosa.

De repente Benito escuchó un chillido agudo. En el cielo volaba el pájaro de pico rojo graznando fuertemente. El hombre no se veía por ningún lado.

All summer, Benito watered the seeds. He hoed the weeds away. He plucked off the insects one by one from the plants that were growing healthy and tall.

Soon, the plants began popping up everywhere: by the house, in the corral, in the neighbor's field. They were even growing inside his mother's geranium pots. The plants were filling the land all around him and the neighbors began to complain.

"You're ruining our crops, boy," said Mr. Chávez.

"I agree," Mr. García added. "You believe too much in that magic of yours. Those seeds are nothing but weeds."

"They're choking out my corn and beans. I'm not going to have anything to feed my family," Mr. Sánchez scolded.

Benito regó las semillas durante todo el verano. Desherbó y quitó los insectos uno por uno de las plantas que crecían altas y saludables.

Muy pronto las plantas comenzaron a salir por todas partes: cerca de la casa, en el corral, en la parcela del vecino, hasta en las macetas de geranios de su mamá. Estas plantas empezaban a llenar la tierra a su alrededor, y los vecinos comenzaron a quejarse.

—Estás arruinando mi parcela, muchacho —dijo el señor Chávez.

—Estoy de acuerdo —agregó el señor García— confías demasiado en esa magia. Esas semillas no son más que hierbas silvestres.

—Están ahogando el maíz y el frijol de mi campo. No voy a tener con qué alimentar a mi familia —refunfuñó el señor Sánchez.

Benito didn't know what else to do, so he began chopping down the plants one by one. He had never worked so hard in his life. His hands bled and his skin blistered with sunburn. Up above, the red beaked bird cawed so loudly, Benito had to cover his ears.

Finally, on Saturday evening, Benito crawled into bed. His mother brought him a plate of beans and a glass of water, but he couldn't eat. He wished he had never traded Pía for those worthless seeds. He missed her so much.

"I'm sorry, Mamá, for being such a fool. Papá would never have made such a big mistake."

Benito's mother only smiled. "Don't worry, *m'ijito*. We'll be all right."

Benito no sabía qué hacer, así que decidió cortar las plantas una por una. Nunca había trabajado tanto en su vida. Las manos le sangraron y le salieron ampollas en la piel por el sol. En el cielo, el pájaro de pico rojo graznó tan fuerte que Benito tuvo que taparse los oídos.

Finalmente, el sábado por la noche, Benito se metió a la cama. Su mamá le trajo un plato de frijoles y un vaso de agua, pero Benito no pudo comer. Deseó no haber cambiado a Pía por esas semillas inútiles. La extrañaba tanto.

—Siento haber sido tan tonto Mamá. Papá nunca hubiera cometido un error tan grande.

La mamá de Benito sonrió. —No te preocupes m'ijito. Estaremos bien.

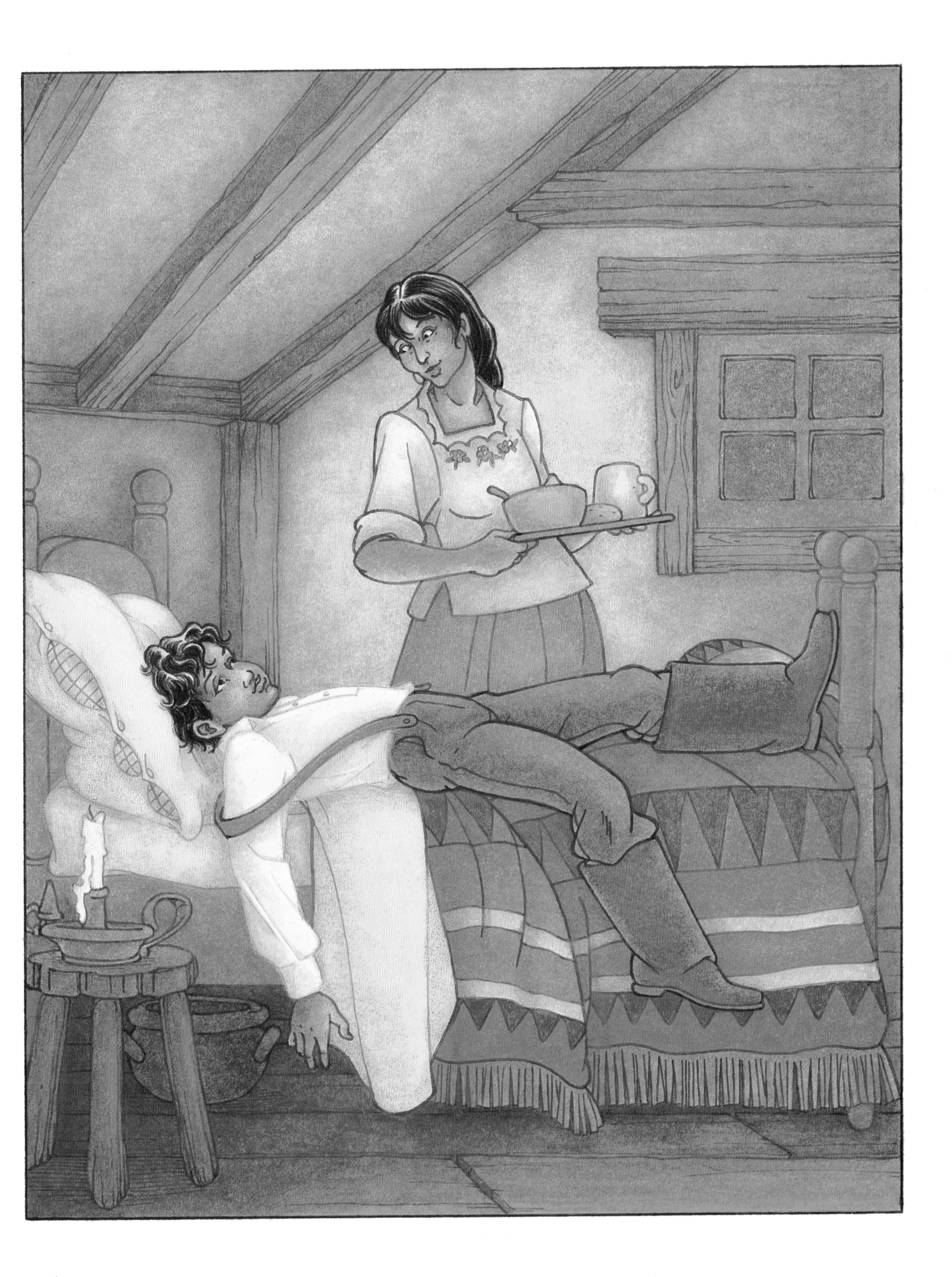

On Sunday morning, Benito ached so much, he could barely move. When he saw his mother at the window, he wondered what was wrong. Carefully, he walked to the window.

His mouth dropped open. Every plant he had cut down, was back again, taller and healthier. Every inch of land was carpeted with green leaves.

Every day for the next month, Benito chopped down one plant after another, only to see them pop up the next day. He worked until he could work no more. It was too late in the season to hope anymore. He had to face the facts. The man had tricked him. These plants were nothing but weeds and they would never bear fruit. He had been greedy, giving Pía away for the promise of a good crop and a lot of money.

El domingo por la mañana, Benito estaba tan adolorido que casi no se podía mover. Cuando vio a su mamá en la ventana, se preguntó qué pasaría. Con cuidado se acercó a la ventana.

No pudo creer lo que vio. Cada planta que había cortado estaba ahí otra vez, más alta y saludable que antes. Cada ápice de tierra estaba cubierto de hojas verdes.

Todos los días del siguiente mes, Benito cortó una planta tras otra sólo para descubrir que al día siguiente habían crecido de nuevo. Trabajó hasta que no pudo más. Era demasiado tarde en la temporada para toda esperanza. Debía aceptar la realidad. El hombre lo había engañado. Estas plantas no eran más que hierbas y nunca darían fruto. Había sido codicioso al cambiar a Pía por la promesa de una buena cosecha y mucho dinero.

Then Benito saw it. He rubbed his eyes, thinking they were playing tricks on him. He rummaged through the bushes and there, among the leaves, he saw the red thing again. He plucked it off, broke it open and took a big bite. It burned his tongue, but it was sweet too. He rummaged through the bushes again and he found more of the red things. There were hundreds of them.

He picked as many as his pockets would hold and ran to tell his mother. His mother took one bite and smiled. They picked the fruits until the full moon had disappeared into the blue sky and the sun had peeked over the mountains in the east. All morning long, Benito and his mother strung them together and hung them up all around their patio so that they would begin to dry in the sun, the same way they dried corn. The neighbors got curious. They came to ask what the long pretty red strings were. Soon more people came, and Benito invited them all to pick as many of the mysterious red fruits as they wished.

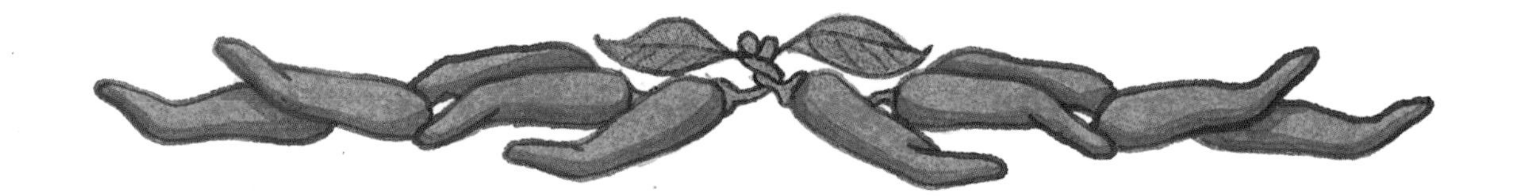

De repente Benito lo vio. Se talló los ojos pensando que le estaban haciendo una broma. Miró cuidadosamente entre las plantas y ahí entre las hojas miró la cosa roja otra vez. La arrancó de la planta, la abrió y la mordió. Le quemó la lengua pero también tenía un sabor dulce. Buscó entre las matas otra vez y encontró más de las cosas rojas. Había cientos de ellas.

Agarró todas las que cupieron en los bolsillos y corrió a decírselo a su mamá. Su mamá mordió una de ellas y sonrió. Empezaron a cosechar los frutos hasta que la luna desapareció del cielo azul y el sol se asomó sobre las montañas del este. Toda la mañana Benito y su mamá ataron los frutos y los colgaron alrededor del patio para que se secaran con el sol, así como lo hacían con el maíz. A los vecinos les entró curiosidad. Llegaron para preguntar qué cosa eran esas largas hileras rojas. Pronto llegó más gente y Benito los invitó a cosechar tantas misteriosas frutas rojas como quisieran.

Through all the chatter, Benito heard a loud, clanking sound. He turned around and there was Pía, coming home, led by the man who had given Benito the magic seeds. Perched on top of Pía's head was the bird. It had lost its red beak, spreading chiles near and far.

"Pía! I missed you!" Benito said, running over to hug his cow.

"I see you grew a good crop of chiles," the man said.

"Is that what they're called?" Benito asked, curious that the man was now speaking instead of the bird.

"Yes. Long ago, people called them *uchu* and later *ají* and *chillis*. Now they call them chiles."

"How do you eat them?" Benito asked.

The man smiled. He showed Benito, his mother and all the neighbors how to use the chiles. Hours later, they feasted on tamales, beans, red chile sauce and *calabacitas.*

Entre el bullicio Benito escuchó un fuerte ruido. Volteó y ahí estaba Pía de regreso a casa. El hombre que le había dado las semillas mágicas a Benito la guiaba. Sentado en la cabeza de Pía estaba el pájaro. Había perdido el pico rojo por distribuir tantos chiles aquí y allá.

—¡Pía! ¡Te extrañé tanto! —dijo Benito corriendo a abrazar a su vaca.

—Ya veo que tuviste una buena cosecha de chiles —le dijo el hombre.

—¿Así se llaman? —preguntó Benito con curiosidad al ver que ahora el hombre era el que hablaba.

—Sí. Hace mucho tiempo la gente los llamaba *uchu*, después *ají* y *chillis*. Ahora les dicen chiles.

—¿Cómo se comen? —preguntó Benito.

El hombre sonrió. Enseguida le enseñó a Benito, a Mamá y a los demás cómo usar los chiles. Horas más tarde se daban un festín con tamales, frijoles, salsa roja y calabacitas.

Suddenly, in the middle of the meal, everyone heard a clatter. Pía held three pails in her mouth, dropping them in Benito's lap. Everyone laughed. Benito began milking Pía right then and there. Everyone got a taste of fresh, foaming milk that day. The neighbors were glad Pía had enough milk for everyone. Benito was happy she was back home.

De pronto, en medio de la cena, todos escucharon un ruido. Pía llevaba tres cubetas en el hocico y las tiró en el regazo de Benito. Todos se rieron. Benito empezó a ordeñar a Pía ahí mismo. Ese día todos probaron leche fresca y espumosa. Los vecinos estaban contentos de que Pía tuviera suficiente leche para todos. Benito estaba feliz de que estuviera de vuelta en casa.

Before the man said goodbye, he called Benito aside.

"Now, Benito, it's your turn. You must share the chile seeds and the recipes with everyone you meet so that the tradition lives on. Chiles have grown on this land for over ten thousand years. They have been spread by birds and by our ancestors. They have fed our people for many years. Never take them for granted."

Benito nodded seriously.

The man yawned. "Benito, the bird is tired and so am I. I must go."

Benito waved goodbye to the man and his bird whose new beak was beginning to show.

Antes de partir, el hombre llamó a Benito.

—Ahora es tu turno, Benito. Debes compartir las semillas de chile y las recetas con toda la gente que conozcas para que la tradición sobreviva. Los chiles se han dado en estas tierras durante más de diez mil años. Han sido esparcidos por los pájaros y por nuestros ancestros. Los chiles han alimentado a nuestra gente por muchos años. No los menosprecies.

Benito asintió con seriedad.

El hombre bostezó: —El pájaro está cansado, Benito, y yo también. Debo irme.

Benito se despidió del hombre y del pájaro cuyo pico había empezado a crecer.

Cristina hung the last chile *ristra* from the patio with her grandmother's guiding hand.

"One autumn day when I was a little girl, my father taught me how to string chiles and told me that story. Every September, he and his mother would hang hundreds of *ristras* in their patio and hundreds of people would stop to ask what they were. Everyone got sent home with a full stomach, a recipe of the meal, and a chile *ristra.* Everyone promised to plant the seeds next spring."

Sitting in the patio, Cristina and her grandmother ate red chile tamales as the sun began to disappear. As Cristina listened to her grandmother tell another story, the night sky smiled down upon them.

The chiles were all around.

Cristina colgó la última ristra en el patio con la ayuda de su abuela.

—Un día de otoño, cuando yo era muy pequeña, mi papá me enseñó cómo hacer ristras de chiles y me contó esa historia. Cada septiembre, él y su mamá colgaban cientos de ristras en el patio y cientos de personas se detenían a preguntar qué eran. Todo el mundo regresaba a sus casas con el estómago lleno, la receta del plato y una ristra de chiles. Todos prometían sembrar las semillas la próxima primavera.

Sentadas en el patio, Cristina y su abuela comieron tamales de chile rojo al mismo tiempo que el sol se escondía. Cristina escuchaba a su abuela contar otra historia, mientras la noche les sonreía.

Había chiles por todas partes.

Red Chile Sauce

12 dried red chile pods
36 oz. water
½ tsp. salt
2 cloves garlic, minced
½ tsp. oregano
2 tbsp. vegetable oil
2 tbsp. unbleached flour

Remove stems and seeds from chile pods. Rinse.

Soak pods in lukewarm water 3 minutes or until soft.

Rinse chile pods of remaining seeds and remove veins.

Place chile pods in a saucepan and pour the 36 oz. of water to cover pods. Bring to a boil. Cover. Simmer over low heat 20 minutes.

Place pods in a food processor or blender with half of the cooking liquid. Add salt, garlic and oregano. Process or blend pods until smooth.

In a large skillet, heat oil over medium heat. Add flour and stir until golden brown, making a roux. Remove from heat.

Add blended chile to roux and stir until any lumps dissolve.

Return to heat and slowly combine remaining cooking liquid with chile to achieve a tomato sauce consistency.

Simmer 10 minutes. Makes approximately 20 oz.

Serve over beans, tamales, enchiladas and much more.

Salsa de chile rojo

12 piezas de chile rojo seco
36 onzas de agua
½ cucharadita de sal
2 dientes de ajo, machacados
½ cucharadita de orégano
2 cucharadas de aceite vegetal
2 cucharadas de harina

Quite los tallos y las semillas de los chiles. Enjuáguelos.

Remoje los chiles en agua tibia por 3 minutos, o hasta que se suavicen.

Enjuague los chiles y quite las semillas y las venas.

En una cacerola, coloque los chiles y cúbralos con 36 onzas de agua. Deje que hiervan. Cubra la cacerola y hierva a fuego lento por 20 minutos.

En un procesador o licuadora ponga los chiles y mitad del agua en que se cocieron. Agregue sal, ajo y orégano. Procese o licúe los chiles hasta que tengan una consistencia suave.

En una sartén grande, caliente aceite a medio fuego. Agregue la harina y mezcle hasta que se dore, haciendo un roux. Quite del fuego.

Agregue el chile licuado al roux y mezcle bien.

Póngalo en el fuego y poco a poco vierta el resto del agua en que se hirvieron los chiles para alcanzar una consistencia semejante a la salsa de tomate.

Hierva a fuego lento por 10 minutos. Hace aproximadamente 20 onzas.

Sírvase encima de frijoles, tamales, enchiladas y más.

Ana Baca is a native of Albuquerque, New Mexico. She graduated from Stanford University and the University of New Mexico with degrees in English literature. As a young girl, her father told her stories of his childhood when he spent autumn evenings with his twelve brothers and sisters stringing up ripe red chiles into *ristras.* After many evenings of hard work, his mother would reward each of the children with a juicy, gooey caramel from the corner store. Ana hopes the tradition of chile *ristra* making will live on for generations to come.

Ana Baca nació en Albuquerque, Nuevo México. Se recibió de la Universidad Stanford y de la Universidad de Nuevo México con títulos en Literatura en Inglés. Cuando niña, su papá le contaba historias de cuando él era niño y pasaba las tardes de otoño con sus doce hermanos y hermanas atando chiles rojos para hacer ristras. Después de muchas tardes de trabajo difícil, su mamá los premiaba con un caramelo dulce y chicloso de la tienda de la esquina. Ana espera que la tradición de hacer ristras de chile sobreviva en las generaciones que siguen.

Anthony Accardo was born in New York. He spent his childhood in southern Italy and studied art there. He holds a degree in Art and Advertising Design from New York City Technical College and has been a member of the Society of Illustrators since 1987. Anthony has illustrated more than fifty children's books. His paintings have been exhibited in both the United States and Europe. When not traveling, Anthony Accardo lives in Brooklyn.

Anthony Accardo nació en Nueva York. Pasó su niñez en el sur de Italia y allí estudió arte. Obtuvo su Licenciatura en Arte y Diseño Publicitario en el *New York Technical College* y es miembro de la Sociedad de Ilustradores desde 1987. Anthony ha ilustrado más de cincuenta libros infantiles. Sus pinturas han sido expuestas en Estados Unidos y en Europa. Cuando no está de viaje, Anthony Accardo vive en Brooklyn.